शुरू तुझसे
ख़त्म तुझ पर

अंशु गुप्ता

शुरू तुझसे
ख़त्म तुझ पर

अंशु गुप्ता

Published By

Anybook

Cell : 9971698930

E-mail : contactanybook@gmail.com

Website : www.anybook.org

First published by Anybook in 2021

Copyright © 2021 Anybook

Copyright Text © 2021 Anshu Gupta

Cover Design & Typesetting by Anybook

ISBN : 978-81-95286-86-7

The author asserts the moral right to be identified as the author of this work

All right reserved.

No part of this publication may be reproduced or transmitted in any form or by means, electronic or mechanical and including photocopying, recording or by any information storage and stored in retrieval system, without the prior permission in writing of the Publisher and Author, nor be otherwise circulated in any form of binding or cover other than that in which it is published and without a similer condition including this condition being imposed on the subsequent purchaser.

समर्पण

हथेली की उन लकीरों को,
जो तुम्हें मेरे क़रीब न ला सकीं।

'कुदरत की देन' का संग्रह

कविता छंदबद्ध हो या छंदमुक्त, अगर उसमें दिलों को छूने की क्षमता नहीं है तो उसे सार्थक नहीं कह सकते। सभी रचनाकारों का अनुभव है कि दिलों को छूने की क्षमता उसी कविता में होती है जो रचनाकार के दिल से निकलती है; फिर उसका विषय कुछ भी हो सकता है। आमतौर पर माना जाता है कि रचनाकार जिन अनुभवों से गुज़रता है, वो ही शब्दों में ढलकर उसकी रचनाओं का हिस्सा बन जाते हैं पर मेरा मानना है कि कभी-कभी ऐसा भी होता है जब रचनाकार अनुभवों से ऊपर निकलकर कुछ ऐसा लिख देता है जो काल्पनिक होते हुए भी सच के क़रीब होता है। ऐसा कभी-कभी होता है मगर होता है, भाई अंशु गुप्ता के इस काव्य संग्रह 'शुरू तुझसे ख़त्म तुझ पर' में कई बार इसकी झलक मिलती है।

इस काव्य संग्रह में छंदमुक्त रचनाएँ भी हैं और छंदबद्ध भी; छंदमुक्त रचनाएँ आज नयी कविता कहलाती हैं। भारत में बड़ी संख्या में रचनाकर, ख़ासतौर पर नये रचनाकार छंदमुक्त कविता कह रहे हैं। भारत के बाहर अन्य देशों में ये नयी कविता और भी ज़्यादा लोकप्रिय है, हालाँकि छंदबद्ध लिखने वाले कई रचनाकार छंदमुक्त लेखन को बहुत सम्मान से नहीं देखते। वो इसके रचनाकार में तकनीकी ज्ञान की कमी के तौर पर इसे देखते हैं मगर छंद और मात्राओं की गिनती की जानकारी रखने वाला कोई रचनाकार अगर छंदमुक्त कविता लिखता है तो उसे अधिक सम्मान की दृष्टि से देखा जाता है। भाई अंशु गुप्ता को भी मैं इसी अधिक सम्मान की नज़र से देख रहा हूँ। काव्य संग्रह के शुरू में कुछ छंदमुक्त रचनाओं के बाद उन्होंने छंदबद्ध गीत लिखे हैं और आख़िर में छंदबद्ध या कहें कि बहर के साथ, कई मुक्तक लिखे हैं। भाई अंशु गुप्ता ने अपने इस काव्य संग्रह के आरम्भ में देश की सीमाओं की रक्षा करने वाले बहादुर जवानों पर कविताएँ लिखी हैं। एक युवा रचनाकार अगर शुरूआत में ही सैनिकों और शहीदों को नमन करता है तो उसके काव्य संग्रह का भावात्मक मूल्य और अधिक बढ़ जाता है। देशभक्ति की इन रचनाओं में विशेष बात ये है कि भाई अंशु गुप्ता ने कहीं 'नानक' को याद किया है तो कहीं 'बुद्ध' को,

कहीं उन्होंने 'भगत सिंह' का नाम लिया है तो कहीं 'चंद्रशेखर आज़ाद' का। इन रचनाओं की बड़ी विशेषता ये भी है कि बहुत ज़्यादा लिखे बिना कुछ ही शब्दों में वो आज की राजनीति पर प्रहार और कटाक्ष भी करते दिखायी देते हैं-

अगर क़िस्सा हो कुर्सी का तो सब लड़-लड़ के मरते हैं
मगर हो बात सरहद की तो 'पहले आप' करते हैं

किसी भी अच्छे काव्य संग्रह की तरह भाई अंशु गुप्ता के इस काव्य संग्रह में भी अधिकांश कविताओं का विषय प्रेम है। इस युवा रचनाकर ने आज से कई साल पहले लेखन के शुरूआती दौर में प्रेम के विभिन्न पहलुओं पर अपनी क़लम चलाई। इन रचनाओं को पढ़कर सहज रूप से लगता है कि वो प्रेम की इन तमाम अवस्थाओं से गुज़रे होंगे मगर आश्चर्य की बात ये है कि कम से कम उस समय तक उन्हें ऐसा कोई अनुभव नहीं था; ये बात उन्होंने स्वयं भी स्वीकार की है। बिना अनुभवों से गुज़रे कल्पनाओं के आधार पर प्रेम की विभिन्न अवस्थाओं का दर्द, पीड़ा, कसक, छेड़खानी और मीठेपन को महसूस करना सिर्फ़ क़ुदरत की देन ही कहलायेगी। माँ सरस्वती उनसे कुछ लिखवाना चाहती है, इसीलिए ये क़ुदरती देन उन्हें सहज रूप से मिली। बिना प्रेम किये, देखिये प्रेम पर किस गहराई के साथ उन्होंने लिखा है-

शाम को जब हमारे गले तुम लगे, याद करके उसे हम महकने लगे
रोते-रोते हमें फिर हँसी आ गयी, बनके मोती ये आँसू निकलने लगे
प्यार के देवता से है विनती यही, स्वप्न में आज उनसे मिला दो हमें
साथ छूटे नहीं, नींद टूटे नहीं, थामकर आज साँसें सुला दो हमें

प्रेम की इन रचनाओं में कुछ ऐसे सवाल भी सहज रूप से उठाये गये हैं जिनका जवाब पता होते हुए भी शब्दों में ढालकर कह पाना मुश्किल है। इस

तरह के प्रश्नचिन्ह इस काव्य संग्रह का साहित्यिक मूल्य भी बढ़ा देते हैं-

एक अर्से बाद उसने लौटकर मुझसे कहा
इन मधुर मादक सुगंधों का यहाँ पर काम क्या है
और फिर पूछा कि क्या है प्रेम की परिकाष्ठा
यूँ लगा जैसे अहिल्या पूछती हों राम क्या है

बात राम की आयी तो बता दूँ कि विश्व प्रसिद्ध कथावाचक 'मोरारी बापू' के श्रोताओं के बीच अंशु गुप्ता की पहचान ऐसे रचनाकार की है जिन्होंने रामचरित मानस के मौन पात्र शत्रुघ्न के मुँह से भी अपनी रचनाओं में कुछ कहलवाया है। बापू ने एक कथा में रचनाकारों से ऐसी अपील की थी जिसपर सबसे पहले अंशु गुप्ता ने अमल किया।

अंशु भाई से मेरी पहली मुलाक़ात 2 फ़रवरी, 2016 को दिल्ली में बापू के सामने ही हुई थी। अगले दिन ग़ाज़ियाबाद में शायर 'जमील हापुड़ी' और 'मासूम ग़ाज़ियाबादी' का अभिनन्दन करने और मुशायरे में बापू को आना था, अंशु भाई ने बापू को कुछ रचनाएँ पहली बार उस दिन सुनायीं और बापू ने मुझसे कहा कि कल के मुशायरे में इन्हें भी बुला लो। अंशु भाई का सौभाग्य है कि उन्हें पहला मंच ही मोरारी बापू के सानिध्य में मिला। इस सानिध्य की प्यास दुनियाभर के रचनाकारों को हमेशा रहती है।

-राज कौशिक

क़लम की ज़ुबाँ से

कभी किसी की मुहब्बत को मज़ाक़ मत समझो और कभी किसी के मज़ाक़ को मुहब्बत मत समझो। ये बात फ़क़त किसी महफ़िल का जुमला नहीं है, ये मेरी कविता की यात्रा का पहला क़दम है। 18 वर्ष की आयु में, इंटरनेट पर मैंने अपना पहला कवि सम्मेलन सुना था, डॉ. विष्णु सक्सेना जी ने ये पंक्ति उस समय बोली थी, उस कवि सम्मेलन की और कोई बात मुझे याद नहीं है, पर ये एक पंक्ति कभी मेरे दिल से नहीं उतरी और यही एक पंक्ति मेरी कविताओं की झंकार बन गयी। जब आप पढ़ेंगे तो आप मेरी इस बात को महसूस भी कर पायेंगे।

जब-जब मेरी कविताएँ मेरे परिवार में पढ़ी जाती थीं, तो यही कहा जाता था कि शायद किसी ने मुहब्बत में मेरा दिल तोड़ दिया; कई बार तो मेरा परिवार चिंता में आ जाता था कि कहीं मैं कोई ग़लत क़दम न उठा लूँ। पर वास्तविक रूप से मेरे साथ ऐसा कभी कुछ भी नहीं हुआ, मैंने तो बस प्रेम-संबंध की विभिन्न परिस्थितियों को अपने दिल से सोचा और फिर उन भावनाओं को कविता बनाकर काग़ज़ पर उतार दिया। ये सब सोचने के बाद कभी हिम्मत ही नहीं हुई ऐसे किसी भी प्रेम-संबंध मे प्रवेश करने की, डर लगता था कि जब दिल टूटने का ख़याल इतना वीभत्स है तो अगर सच मे दिल टूट गया तो कैसे सँभाल पाऊँगा ख़ुद को; बात कभी दोस्ती से आगे बढ़ाई ही नहीं। हद तो तब हो गयी, जब मेरे रिश्ते के लिए लड़की देखने गये और मेरी माँ ने सबसे पहले मेरी होने वाली पत्नी को बोला, "बेटा, इसकी कविताएँ पढ़ के कुछ ग़लत मत सोचना ये सिर्फ़ लिखा ही है।" इस स्पष्टीकरण ने शायद दाम्पत्य जीवन के बहुत से भावी प्रश्नों को समाप्त कर दिया।

यहाँ तक की अपनी इस साहित्यिक यात्रा में मैं इतना तो समझ गया कि मुहब्बत को आप परिभाषित नहीं कर सकते। हर व्यक्ति के मुहब्बत को लेकर अपने अलग विचार और अनुभव होते हैं और मेरी तो हर कविता के साथ मुहब्बत की परिभाषा और विचारधारा बदल जाती है। ख़ुदा और मुहब्बत एक-

दूसरे के पर्यायवाची शब्द हैं और जिस तरह ख़ुदा अनंत है, उसी तरह मुहब्बत भी अनंत ही है; न उसे एक रूप मे बाँधा जा सकता है न शब्दों में। ऐसे ही मुहब्बत के गीत भी न तो व्याकरण के नियम में क़ैद होते हैं और न ही कवि सम्मेलन के मंचों की उम्मीदों की गुलामी करते हैं। मुझे भी बहुत-से मंचों पर तिरस्कृत होना पड़ा है, क्योंकि न तो मैं तथाकथित 'राष्ट्र जागरण' के नाम पर राजनैतिक चाटुकारी कर सकता, और न केवल मनोरंजन के लिए मुहब्बत का मज़ाक़ बना सकता। पर फिर ज़िंदगी ने मुझे उनसे मिलाया, जिन्होंने मुझ जैसे नन्हे पौधे को इतना प्यार दिया कि उसका फल इस किताब के रूप मे सबके सामने है; मेरे 'मोरारी बापू'। उन्होंने न जाने कितने मंचों पर मुझे आने का अवसर दिया, अपनी व्यास पीठ के पास बैठाया, मुझ बेसहारे को सहारा दिया और वो सम्मान दिया जिसके शायद मैं क़ाबिल भी नहीं था, मेरे जीवन की प्रत्येक साँस और प्रत्येक धड़कन बापू की ऋणी है। और जबसे बापू ने मुझे अपना कहा, मुझे श्रोताओं की दरकार भी नहीं रही, बस आप मुझे सुन लेते हैं तो मेरा जीवन बन जाता है। बापू के ही सान्निध्य में मेरी मुलाक़ात साहित्य जगत के ऐसे दिग्गजों और उस्तादों से हुई, जिनके पैरों की जूती भी मुझसे से ज़्यादा हुनर रखती है, और ये एक कृपा ही थी जिसने मुझे ऐसे महान क़लमकारों के साथ बैठने का अवसर दिया। और बापू के ही परिकर में मेरा बहुत ख़ास संबंध बना आदरणीय 'राज कौशिक' जी से, उन्होंने मुझे कविता के व्याकरण का ज्ञान दिया, एक अच्छे मित्र और सच्चे शिक्षक की भाँति मेरा साथ दिया, हमेशा मुझे आगे बढ़ने के लिए प्रोत्साहन और अवसर दिया, और जब-जब नकारात्मकता ने मुझे अपना शिकार बनाया तब-तब सकारात्मकता की ओर मेरा मार्गदर्शन भी किया।

प्रिय पाठकों, 'शुरू तुझसे ख़त्म तुझ पर' मेरी कविताओं का बचपन है, ज़ाहिर है इसमें बहुत सारी त्रुटियाँ होंगी ही, पर इसमें विशुद्ध मुहब्बत की मासूमियत भी है। मैं कोई मँझा हुआ साहित्यकार नहीं हूँ, इसलिए अपनी हर त्रुटि के लिए आपसे करबद्ध क्षमा याचना करता हूँ। कुछ देर के लिए एक आशिक़ बनकर इन कविताओं को पढ़ियेगा और मुहब्बत की कसक को महसूस करियेगा। यदि किसी एक प्यार करने वाले ने भी अपनी रूठी हुई मुहब्बत को मनाने के लिए मेरी एक भी पंक्ति का प्रयोग किया, तो मेरी इस किताब का

उद्देश्य सफल हो जायेगा। अगर आपको लगता है कि मेरी पंक्ति आपके अगले प्रेम-पत्र का हिस्सा बन सकती है, तो ज़रूर ये मेरा सबसे बड़ा सम्मान होगा। मेरी कोई भी कविता अगर आपके टूटे हुए दिल का दर्द साँझा करने मे सक्षम होती है, तो ये मेरे लिए हज़ारों हाथों की तालियों से बड़ी उपलब्धि है। मेरे सभी दोस्तों को मेरा बस यही संदेश है कि अगर आप मुहब्बत में जी रहे हो, तो कभी उसे खोने मत देना, अगर अपनी मुहब्बत के लिए मर मिटने का हौसला रखते हो तो ज़हर पीने से कभी घबराना मत, जो ग़लतियाँ मैं कभी न कर सका वो ग़लतियाँ आप ज़रूर करना, बाद में याद करके मज़ा आता है।

मुहब्बत की, मुहब्बत में मगर जीना नहीं आया
फ़ना होने की ज़िद थी पर ज़हर पीना नहीं आया

अंशु गुप्ता

सहर को सहर, शाम को शाम नहीं लिखा
क्या कहीं मेरे इंतज़ार का अंजाम नहीं लिखा
ये सोचकर कि कहीं तुझे चोट न लग जाये
क़लम की नोक से कभी तेरा नाम नहीं लिखा

अनुक्रम
कविताएँ

कविताएँ

सरहद पे बन फ़ौलाद इस भारत की रक्षा के लिए
सीने पे गोली झेलकर आये हैं जो उनको नमन है
झुक गया मस्तक हिमालय का भी जिनके सामने
यमराज के संग खेलकर आये हैं जो उनको नमन है

याद हम उनको करें

याद हम उनको करें जो हैं सहारे मुल्क के
बारूद की शैय्या पे भी जो, मुस्कुरा कर रह रहे हैं
कर दिया सब कुछ हवन अपने वतन के वास्ते
हम उन जवानों की जवानी की कहानी कह रहे हैं

निश्चय करते हैं जो अपने काल के भी काल का
अपने मुक़द्दर के जो ख़ुद ही बंद ताले खोलते हैं
दौड़ता हिन्दोस्ताँ बनकर लहू जिन की रगों में
मरते-मरते भी जो वन्दे मातरम् ही बोलते हैं
जिनके इक उद्घोष से कम्पित है दुश्मन का घराना
जिनकी नज़रों के इशारों से सिंहासन डोलते हैं
शर्म आनी चाहिये उन मंत्रियों को जो अहम वश
इन जवानों की शहादत को भी धन से तोलते हैं
ऐ सियासत की डगर वालों कभी जाना वहाँ तुम
देखो दरिया ख़ून के सरहद पे कैसे बह रहे हैं

चाँद सूरज ध्यान रखते हैं हमारे परिजनों का
ये हवाएँ और बहारें गाँव के सन्देश लातीं
धूप देती है हमें पैग़ाम अपने दोस्तों के
याद करते हैं तुम्हें सब चाँदनी आकर बताती
बादलों में दीख पड़ती है छवि उस प्रेयसी की
बारिशें आकर हमें पायल की झनकारें सुनातीं
वक़्त मिलता है कभी फुर्सत का तो अम्बर तले हम
लेटते हैं जब ज़मीं पर माँ की गोदी याद आती
फ़ौलाद के सीने के भीतर भी धड़कता एक दिल है
घर की यादों में हमारे दृग से दरिया बह रहे हैं

मैं अपने देश का ज़िम्मा किसे अब सौंप कर जाऊँ

मेरे रहते सदा रौशन रहे सरहद के गलियारे
मेरे रहते वतन में भी कभी छाये न अँधियारे
मेरे रहते सफल न हो सकी इक चाल दुश्मन की
मेरे रहते किसी सूरत गली न दाल दुश्मन की
मेरे रहते सभी ने झूमकर मल्हार ही गाया
मेरे रहते तिरंगा हो निडर हर ओर लहराया
मेरा परिवार तो शायद वहाँ पर रात भर रोया
मेरे रहते मगर हर देशवासी चैन से सोया
मगर अब आज किस उलझन में हूँ कैसे मैं समझाऊँ
मैं अपने देश का ज़िम्मा किसे अब सौंपकर जाऊँ

अगर क़िस्सा हो कुर्सी का तो सब लड़-लड़ के मरते हैं
मगर हो बात सरहद की तो 'पहले आप' करते हैं
नहीं फ़ुर्सत है नफ़रत से, अमन का ध्यान अब किसको
धरम क्या है? करम क्या है? रहा ये ज्ञान अब किसको
सभी अपनों की राहों में बिछाकर शूल बैठे हैं
चरित वो बुद्ध-नानक का सभी अब भूल बैठे हैं
भगत सिंह से कहाँ अब इस चमन में फूल खिलते हैं
बताओ किस गली में खेलते आज़ाद मिलते हैं
कहो जाकर वहाँ कैसे मैं मुँह बापू को दिखलाऊँ
मैं अपने देश का ज़िम्मा किसे अब सौंप कर जाऊँ

कहाँ पाऊँ मैं वो बेटे क़सम खायें जो माटी की
बहाकर ख़ून अपना जो सजा दें माँग घाटी की
कहाँ पाऊँ मैं वो माँएँ जो बेटों को ये समझायें
लजाना दूध मत मेरा भले गर्दन ये कट जाये
कहा पाऊँ पिता वो जो जिगर ऐसा दिखायेगा
मरा है एक ही लड़ने अभी दूजा भी जायेगा
कहाँ पाऊँ मैं वो पत्नी जो बंधन तोड़कर आये
पति की लाश को शमशान तक जो छोड़कर आये
मैं सैनिक के नज़रिये से किसे रिश्ते ये समझाऊँ
मैं अपने देश का ज़िम्मा किसे अब सौंप कर जाऊँ

है मेरी जान तू

है मेरी जान तू, है मेरी शान तू
मैं तेरे नाम से मान पाता रहा
बाँधकर तीन रंगों को भाषा से मैं
इक अनूठी ग़ज़ल गुनगुनाता रहा

अपने क़दमों में खेतों की ख़ुशबू लिये
पंथ सावन के झूलों के तूने कहे
दिल से सन्देश देता अहिंसा के तू
भाईचारा सदा विश्व भर में रहे
भाल पर वीरता का मुकुट सज रहा
गीत क़ुर्बानियों के तू गाता रहा

तोड़कर रख दिये हाथ रावण के पर
उसको सीता का दामन न छूने दिया
गर उठी आँख दुश्मन की तेरी तरफ़
उसको उत्तर हमारे लहू ने दिया
रक्त के रंग से, माती के संग मैं
इक अनोखी दुल्हेंडी मनाता रहा

मुझको दौलत या शोहरत की परवाह नहीं,
न ही चाहूँ मुझे कोई जन्नत मिले
कामना न किसी राज-सम्मान की
गर मिले कुछ फ़क़त ऐसी क़िस्मत मिले
जाऊँ शमशान को मैं तुझे ओढ़कर
बस दुआ ये ख़ुदा से मनाता रहा

तेरी मंज़िल से मैंने मिलाया तुझे

तेरी मंज़िल से मैंने मिलाया तुझे
रस्ता अब बनाना तेरा काम है

धूप की आँच से तू चमक जायेगा
छाँव कोशिश करेगी तू रुकना नहीं
ठोकरें भी तुझे आज़मायेंगी पर
पत्थरों की कसौटी पे झुकना नहीं
याद रखना तू है शाख़ इक पेड़ की
आँधियाँ ये तुझे तोड़ सकती नहीं
मस्त अल्हड़ युवानी का दरिया है तू
रुख़ हवाएँ तेरा मोड़ सकती नहीं
सर मिला है तुझे रहमतों से मगर
ताज सर पे सजाना तेरा काम है

कुछ मुक़द्दर के आगे हुये ढेर पर
कुछ मुक़द्दर ही अपना बदलते रहे
जो बुझे बंद कमरों में भी बुझ गये
जिनको जलना था छत पे भी जलते रहे
लाख तारे चमकते हों आकाश में
कम ये जुगनू भी ख़ुद को समझते नहीं
मुश्किलों से डरें जो वो ये जान लें
जो उलझते नहीं वो सुलझते नहीं
जश्न दुनिया में होगा तेरी जीत का
हार को बस हराना तेरा काम है

अहिल्या पूछती है राम क्या है

एक अर्से बाद उसने, लौटकर मुझसे कहा
इन मधुर मादक सुगंधों का यहाँ पर काम क्या है
और फिर पूछा कि क्या है, प्यार की परिकाष्ठा
यूँ लगा जैसे अहिल्या पूछती हो राम क्या है

श्वास के आवागमन में, है छिपा उत्तर तुम्हारा
थी सरल मृत्यु मगर मैं ज़िन्दगी से जूझता हूँ
शूल की नोकों से दिल की चोट पर मरहम लगाया
वास्ता उस दर्द का देकर मैं तुमसे पूछता हूँ
बिन कहे कुछ बिन सुने, जिसके लिए मुझको तजा था
उस प्रणय के देवता का अब बता दो नाम क्या है

प्रेम परिधि पर युगों तक था तपस्या-मग्न लेकिन
भूल मुझसे हो गयी कुछ साधना-पथ के चयन में
रथ सुखों का पथ से भटका और भटकी मंज़िलें भी
आज तक तरुनायियाँ वो रो रहीं मेरे नयन में
अंक में प्रियतमके तुमको काश! ये एहसास होता
मुस्कराहट और आँसू का अखिल संग्राम क्या है

हूँ शलभ लेकिन अनल की मैं जलन पहचानता हूँ
काश! तुमको भी पराई पीर का एहसास होता
तो कभी मझधार में यूँ छोड़ती ना कश्तियाँ तुम
और मेरा भी चमन के बीच न उपहास होता
आज अपने दिल के टुकड़े बेचता मैं फिर रहा हूँ
पर तुम्हीं बोलो मेरी बर्बादियों का दाम क्या है

रास्ते थक गये

इस तरह तय हुआ, प्यार का ये सफ़र
रास्ते थक गये, पर मैं चलता रहा

(१)
मोर सी हूक अंतर हृदय में उठी
मेघ मल्हार ये गुनगुनाने लगा
भोर में नभ तले याद करके उसे
बन पपीहा ये मन चहचहाने लगा
बाग़ में फूल की गंध ने फिर कहा
"पास है वो तेरे, उसको महसूस कर
बन पवन वो तेरे बाल सहला रही
मुस्कुरा, ख़ुद को इतना न मायूस कर"
मुस्कुराना मगर इतना आसाँ न था
मैं सँभलते-सँभलते फिसलता रहा

(२)

आँसुओं की व्यथा अनसुनी जब रही
पीर ख़ामोशियों की समझने लगा
सब हदें तोड़कर तेरी चाहत में मैं
अपनी तक़दीर से ही उलझने लगा
व्यक्त रातों की तन्हाई कैसे करूँ
जैसे मछली ने जल बिन गुज़ारा किया
बीच मझधार में कश्तियाँ छोड़ दीं
तेरी तस्वीर का बस सहारा लिया
लौ तो ख़ुद फड़फड़ाकर तभी बुझ गयी
ये शलभ रातभर पर मचलता रहा

(३)

शाम वो जब हमारे गले तुम लगे
याद करके उसे हम महकने लगे
रोते-रोते हमें फिर हँसी आ गयी
बन के मोती ये आँसू खनकने लगे
प्यार के देवता से है विनती यही
स्वप्न में आज उनसे मिला दो हमें
साथ छूटे नहीं, नींद टूटे नहीं
थामकर आज साँसें सुला दो हमें
देखता रह गया ख़्वाब ख़्वाबों के मैं
रातभर हाथ से हाथ मलता रहा

(४)

देखकर उनकी ज़ुल्फ़ों-सी काली घटा
ये मेरे दो क़दम लड़खड़ाने लगे
एक झोंका तभी आ गया इस तरफ़
जैसे वो कान में फुसफुसाने लगे
बारिशों में खनक उनकी पायल-सी है
आज फिर उनकी आहट का धोखा हुआ
छू गयी दिल को ख़ुशबू किसी फूल की
जैसे गालों को उनके लबों ने छुआ
पर मेरी असलियत इसके विपरीत थी
हिज्र में मोम-सा मैं पिघलता रहा

(५)

थोड़ा इतरा के बोला कली से भ्रमर
"तू मेरा कंठ मैं तेरी आवाज़ हूँ"
कुनमुनाकर, लजाकर कली ने कहा
"दूर हट, आज मैं तुझसे नाराज़ हूँ"
चूमकर उस कली को भ्रमर ने कहा
"मैं तेरी तान हूँ, तू मेरा गीत है"
रूठने और मनाने के इस खेल में
जीत ही हार है, हार ही जीत है
रूठते-रूठते थक गयी तू, मगर
तेरी दहलीज़ से सर मैं मलता रहा

(६)

इस मुहब्बत का तब से मज़ा आ गया
जब से धड़कन तुम्हारी अमानत हुई
ख़ुद के ही क़त्ल की ख़ुद ही साज़िश रची
प्यार के रण में मेरी शहादत हुई
ज़िन्दगी ने कहा मौत से बावली!
"ये मुहब्बत है तेरी अदालत नहीं
कर तू सकती नहीं आशिक़ों को रिहा
इश्क़ की क़ैद से है ज़मानत नहीं"
ज़िन्दगी मौत दोनों ने ठुकरा दिया
रात भी न हुई, दिन भी ढलता रहा

प्यार की छाँव में

प्यार की छाँव में, इश्क़ के गाँव में
आप मुझको मुझ ही से चुराने लगे
इक अलग से नशे में बहकने लगा
आप अपनी नज़र से पिलाने लगे

बिजलियाँ जो अभी तक थी शमशीर-सी
वो मधुर गीत अब जैसे गाने लगीं
चाँद भी विष उगलता था कल तक मगर
अब उसे भी हँसी जैसे आने लगी
आजतक जो लगे मुझको अंगार-से
वो सितारे भी अब टिमटिमाने लगे

मेरा साया भी मुझसे बहुत दूर था
अब मगर आप मुझको समझने लगीं
इन लकीरों के बंधन भी खुलने लगे
उलझनें ज़िन्दगी की सुलझने लगीं
नींद की शक्ल भी जिसने देखी नहीं
अब उसे आप सपने दिखाने लगे

ज़ख़्म सहता रहा, मुस्कुराता रहा
आज तक अश्क ही आँख के मीत थे
मेरे दिल में कहीं हसरतों से दबे
अनकही प्रीत के अनसुने गीत थे
सौंपकर एक-दूजे को सब प्रश्न हम
प्यार की इक ग़ज़ल गुनगुनाने लगे

इज़हार कभी मैं कर लेता

अश्रु सिन्धु उर में भरकर नयनों का पट जब खुलता है
कुछ बिन बोली बातों का स्वर, दिल ही दिल में जब घुलता है
पलकों के पर्दों के पीछे जब झरने, झरने लगते हैं
जब घोर निशा के सन्नाटे कोलाहल करने लगते हैं
सूरज की तपती किरणों से जब मधुर सहर जल जाती है
जब प्रेममयी संध्या मुझको तन्हा पाकर ढल जाती है
जब सपनों से घबराकर के, मैं सोते में घबराता हूँ
इस अधम हथेली में अंकित, रेखाओं पर पछताता हूँ
शोकाकुल हूँ, या हर्षित हूँ, जब समझ नहीं कुछ आता है
'तुझको भी प्यार हुआ पगले', दिल ख़ुद को ख़ुद समझाता है
तब लगता है तुम पर अपना अधिकार कभी मैं कर लेता
और काश! मुहब्बत का तुझसे इज़हार कभी मैं कर लेता

वो भी तो एक ज़माना था तुम मिलने मुझसे आते थे
मैं हाथ बढ़ाता था आगे, तुम गले मेरे लग जाते थे
दिन भी पल में कट जाते थे, न जाने कितनी बातें थीं
कुछ कहते थे, कुछ सुनते थे, बातों-बातों की रातें थीं
अपनी दिनचर्या की हर इक मैं ख़बर तुम्हें बतलाता था
जैसे ही सोने लगता था, फिर से मैसेज आ जाता था
बस एक ज़रा-सी खाँसी से, तुझको चिंता हो जाती थी
मेरी लापरवाही पर तू, नाहक़ गुस्सा हो जाती थी
मेरी सेहत के बारे में, तेरा वो मुझको समझाना
मेरा वो तुझको बहलाना, तेरा वो झूठा इतराना
ऐ जानम, तुमसे प्यार भरी तकरार कभी मैं कर लेता
और काश! मुहब्बत का तुझसे इज़हार कभी मैं कर लेता

तेरा-मेरा पावन बँधन था जो, वो मैंने तोड़ दिया
जिन राहों से थी गुज़र तेरी, उन राहों से मुँह मोड़ लिया
तब रौनक़ थी जो ख़ुशियों की, वो अब आहों का मेला है
दिल देना-दिल लेना जैसे, गुड्डे-गुडिया का खेला है
बस एक तेरे जाने से मेरी हर बस्ती वीरान हुई
अक्सर हम जिनमें मिलते थे, वो गलियाँ अब शमशान हुई
तेरा आना जाना था जिन सपनों में वो सुनसान हुए
थी महक तेरी जिनमें वो सारे मंज़र रेगिस्तान हुए
मेरे शब्दों की धड़कन तू, तू ही इनकी परिभाषा थी
आँखे बंद हों, उससे पहले, बस ये अंतिम अभिलाषा थी
दुल्हन के जोड़े में तेरा दीदार कभी मैं कर लेता
और काश! मुहब्बत का तुझसे इज़हार कभी मैं कर लेता

◉

आपसे फिर उसी दिल में होगा मिलन

आपसे फिर उसी दिल में होगा मिलन
जा रहे हो जिसे आज यूँ तोड़कर
बेवफ़ाई के भी उफ़! क्या अंदाज़ हैं
चाँदनी चल पड़ी चाँद को छोड़कर

हिचकियाँ आपको जब सताने लगें
जान लेना कि मैं रो रहा हूँ कहीं
दिल में बेचैनियाँ हों तो ये सोचना
आपके ख़्वाब में खो रहा हूँ कहीं
आसमाँ मेघ-नयनों से रोये अगर
मानना सो गया मैं ज़मीं ओढ़कर

चाय के बाग़ की क्यारियों में प्रिय
तितलियाँ ही मेरे प्यार का रूप हैं
गीत मेरे भ्रमर की हैं अटखेलियाँ
ओस की बूँद पर पड़ रही धूप है
प्यार से रूठना आपका, काश! मैं
देख लेता कलाई कभी मोड़कर

खेल लहरों का साहिल से देखा जभी
याद में आप मेरी तभी आ गये
है अजब आपके इश्क़ का व्याकरण
दूर क्या हो गये, हर तरफ़ छा गये
आपने जिन परिंदों के काटे हैं पर
देखना उन परिंदों के पर जोड़कर

सात रंगों का जंजाल था अर्श पर
धूप थी, ठण्ड भी, रुत थी बरसात की
भूल पाता नहीं, लाख कोशिश करी
वो बहारें पुरानी मुलाक़ात की
आपकी जिस डगर से रही है गुज़र
बस गया उस डगर में मैं घर छोड़कर

ये कहानी फिर कभी

प्रेम पंछी उड़ चला और द्वार दिल के खुल गये
ख़्वाब सारे नींद के शर्बत में आकर घुल गये
पलकों तलक आया हुआ मोती वहीं पर रुक गया
जीत तुझको हो मुबारक इश्क़ मेरा झुक गया
बरसों से थी जो आज भी मेरी वही फ़रियाद है
याद कुछ है भी नहीं, पर फिर भी सब कुछ याद है
मेरा तसव्वुर क्या तुझे पलभर भी तड़पाता नहीं
फ़ुर्क़त में भी क्या याद तुझको मैं कभी आता नहीं
रोज़ तेरी याद में तेरे वो ख़त पढ़ता हूँ मैं
तेरी क़सम, तेरे लिए भगवान से लड़ता हूँ मैं
आज धरती भी परेशाँ है गगन मदहोश है
ख़ामोशियाँ कुछ कह रही हैं, शब्द पर ख़ामोश हैं
दास्ताँ-ए-इश्क़ ये, मेरी ज़ुबानी फिर कभी
क्या हुआ था, क्यों हुआ था, ये कहानी फिर कभी

जो कभी गुलशन मुहब्बत के थे अब शमशान हैं
चलता था जिनपे संग तेरे, रास्ते वीरान हैं
मंदिर में जो बुत बन खड़े हैं, वो कभी इंसान थे
दरिया जो अब ख़ामोश हैं वो भी कभी तूफ़ान थे
बिन तेरे ये चाँद तारे जगमगाते हैं नहीं
पी बहुत है, पर क़दम अब लडखड़ाते हैं नहीं
शाम, महफ़िल, रंग, ख़ुशबू, फूल, तितली, ख़्वाब हैं
ग़म का मौसम आ गया है, आँख में सोहराब है
वो शमा भी बुझ गयी, जो आख़िरी उम्मीद थी
अंतिम दिवाली थी मेरी, अंतिम मेरी ये ईद थी
थक गयी मेरी नज़र और थक गयी आवाज़ है
फिर कहा दिल ने ज़रा रुक, ये तो सिर्फ़ आग़ाज़ है
चल ज़रा आराम कर ले, अब रवानी फिर कभी
क्या हुआ था, क्यों हुआ था, ये कहानी फिर कभी

आँसुओं की गिनतियों में रात सारी कट गयी
ख़ैर जिसकी माँगता था, वो ही घटना घट गयी
दिल, क्यों परेशाँ है, जगत में और भी इंसान हैं
बस एक वो ही थी नहीं, तू क्यों पड़ा सुनसान है
फिर कहा दिल ने, मैं दिल हूँ, कोई मयख़ाना नहीं
टूट जाये एक गर तो और पैमाना नहीं
छूटती वो है नहीं, इक बार जो आदत हुई
पहले निगाहें थी मगर अब वो निगाहें ख़त हुईं
जो ख़त पढ़े, फिर उन ख़तों की मैं ग़ज़ल लिखने लगा
सबको मेरी तहरीर में चेहरा तेरा दिखने लगा
अब तू नहीं तो ज़िक्र तेरा है मेरी हर बात में
मिलती हैं महफ़िल से मुझे तन्हाइयाँ सौग़ात में
मसरूफ़ हूँ मैं, दिल में तेरी मेज़बानी फिर कभी
क्या हुआ था, क्यों हुआ था, ये कहानी फिर कभी

अभी चल दिये

यूँ न जाओ कहीं, थोड़ा ठहरो यहीं
आप आये अभी, सिर्फ़ दो पल हुए
जैसे लहरों का साहिल से मिलना हुआ
आप आये अभी, और अभी चल दिये

मन की सारी कथाएँ नयन तक रहीं
एक ख़ामोश महफ़िल-सी सजने लगी
आपको देखकर दिल को ऐसा लगा
जैसे मधुबन में मुरली-सी बजने लगी
पर अभी आप जाने की ज़िद ना करो
दिल मचलने लगा, आप भी चल दिये

आप क्या आ गये, ज़िन्दगी मिल गयी
जैसे मुरझाई कोई कली खिल गयी
अर्थ मेरी निरर्थक ग़ज़ल को दिया
गुनगुनाने की मुझको वजह मिल गयी
चंद लम्हों की मुस्कान देकर चले
आँसुओं से मेरी आँख ओझल किये

अलविदा आपको किस क़दर मैं कहूँ
फिर से जग में अकेला मैं हो जाऊँगा
कुछ मिलन के तराने थे सीखे अभी
इंतज़ारी में फिर से मैं खो जाऊँगा
हाथ से हाथ यूँ न छुड़ाओ अभी
चल दिये सिसकियों का हलाहल दिये

क्या मधुर गीत था

क्या मधुर गीत था, उस मधुर मीत का
वो पुराना समाँ याद आने लगा
प्रेम बंधन में थोड़ा-सा उलझा हुआ
रूठकर तुझसे तुझको मनाने लगा

इक मुहब्बत न होती यहाँ तो कभी
भी शलभ दीप पर जलके मरता नहीं
होता आभास गर दिल की शतरंज का
शर्त है मैं कभी प्यार करता नहीं
अब मगर भूल हो ही गयी तो सनम
तेरी आँखों से आँसू चुराने लगा

रात भर जागकर चाँद के संग मैं
अपने रिश्ते पे नज़्में लुटाता रहा
तू बधिर बन गयी, मूक मैं बन गया
फिर भी ग़ज़लें तुझे मैं सुनाता रहा
सुन ज़रा प्रीत की रीत विपरीत है
याद कर-कर के तुझको भुलाने लगा

डाकिये की कमी

देखूँ तस्वीर बन तेरी तस्वीर को
मेरी उल्फ़त ही अब मुझको छलने लगी
राह तकता रहा, तेरे पैग़ाम की
डाकिये की कमी मुझको खलने लगी

याद जाती न थी, नींद आती न थी
था अजब सिलसिला रात में बात का
भूल कैसे गये उन दिनों का समाँ
ख़त के ज़रिये ही अपनी मुलाक़ात का
अब मगर रोज़ मायूस ख़ामोश से
दिन गुज़रने लगे, शाम ढलने लगी

ऐ पवन, तू ज़रा जाके उसको बता
किस क़दर अब अकेले तड़पता हूँ मैं
डाकख़ाने की चौखट पे बैठा रहूँ
एक ख़त के लिए बस तरसता हूँ मैं
इस तरह तो ये मौसम भी बदला न था
जिस तरह प्यार में तू बदलने लगी

मैं उदास हूँ

कल तलक दिल मेरा उदास था, आज भी दिल मेरा उदास है
रात भर याद उसको किया, क्या उसे कोई एहसास है
बेख़बर है मुहब्बत से वो, पर मुझे एक विश्वास है
मैं अकेला यहाँ उदास हूँ, वो अकेली वहाँ उदास है

राम की राह तकती हुई, भीलनी की मैं तक़दीर हूँ
देहरी पर खड़ी उर्मिला की वही अनकही पीर हूँ
बाँध आँखों का कमज़ोर है, एक होने की पर आस है

ढूँढ़ने को उसे भेज दूँ, चाँद सूरज के इस तेज को
राह में मैं बिछाये खड़ा, अपनी पलकों की इस सेज को
जो बुझाये से बुझती नहीं, ये समंदर की वो प्यास है

गोपियाँ जिस डगर पर चलीं, ये वही प्रेम का पंथ है
आँसुओं से लिखा जायेगा, ये विरह का अमर ग्रंथ है
ज़िन्दगी का सहारा है जो, एक वादा मेरे पास है

पर-विहीन पंछी

हम पर-विहीन वो पंछी हैं, जो क़िस्मत से मजबूर हुए
इक दूजे के दिल में घर था, लेकिन नज़रों से दूर हुए
तन्हाई हैं उन रातों की, जो करवट बदल-बदल बीती
हम मिले कभी जिन सपनो में, वो सपने चकनाचूर हुए
होठों पर हँसी लिये फिरते, पर दिल में पीर पुरानी है
तकिये को रोज़ भिगो दे जो, आँखों में इतना पानी है

हम व्याकुलता गोपी की जो, पागल बन वन-वन घूम रही
नादानी हैं यशोदा की जो, माखन की मटकी चूम रही
हम रुदन रुक्मिणी का हैं जो, सब कुछ पाकर भी ख़ाली है
हैं दीवानापन मीरा का, जो इकतारा ले झूम रही
यमुना जिसने खारी कर दी, राधा की विरह कहानी है

जो बिन खोले ही पढ़ा गया, हम उस ख़त के अफ़साने हैं
जो सीमित हैं बस साँसों तक, हम दिल के वही तराने हैं
जो रही अनसुनी बरसों से, उन आहों की लाचार गूँज
जो मयख़ाने में तरस रहे, हम वो प्यासे पैमाने हैं
मुश्किल में भी जो बढ़े सदा, दरिया की अटल रवानी है

जब निपट अकेले होते हैं

बन के साया तेरा चेहरा अब मेरा पीछा करता है
जो इश्क़ का पौधा बोया था, वो उसको सींचा करता है
तेरी आँखों की चंचलता मुझको घायल कर जाती है
मुस्कान लबों की है क़ातिल तेरा क़ायल कर जाती है
बिन तेरे ये साँसे, धड़कन ये सब सपना-सा लगता है
हर ख़ुशी परायी लगती है, हर ग़म अपना-सा लगता है
जब सर्द रात की पलकों में, सब सोते हैं हम रोते हैं
बस याद तुम्हारी आती है जब निपट अकेले होते हैं

तुझको पाने की आशा में, हर सुब्ह रात हो जाती है
तेरी ख़ातिर तारे गिन-गिन, हर रात सुबह हो जाती है
फिर हर सुबह चिड़िया जैसे, तेरा संदेसा लाती है
तेरी राहों में चादर-सी मेरी पलकें बिछ जाती हैं
सागर में जैसे ज्वार उठे, वैसे दिल आहें भरता है
बिन पंखों के पंछी जैसे, कुछ जीता है कुछ मरता है
हर इक दिन हम तेरी ख़ातिर कुछ पाते हैं कुछ खोते हैं
बस याद तुम्हारी आती है जब निपट अकेले होते हैं

मेरी आँखों की नींदें भी, अपने संग हर ले जाती हैं
पर्दें के पीछे जब तू यूँ शर्मा करके छुप जाती है
बिन तेरे आँखों से मानो एक झरना झर-झर झरता है
साँसों का आना-जाना भी, बस तुझ पर निर्भर करता है
धड़कन का धागा भी जैसे, तेरे कर की कठपुतली है
मैं हूँ बादल गर अम्बर का, तो तू अम्बर की बिजली है
मेरे दिल की तन्हाई में, ग़ालिब के नग़में रोते हैं
बस याद तुम्हारी आती है, जब निपट अकेले होते हैं

मुहब्बत पनपने लगी है

न जाने क्यों छाई है चेहरे पे लाली
न जाने क्यों आँखें चमकने लगी हैं
इधर आसमाँ पे घटा छा गयी है
उधर कोई पायल खनकने लगी है
कोई रोज़ मिलता है सपने में मुझसे
ये पलकें दोबारा झपकने लगी हैं
निकलने लगी हैं ग़ज़ल अब क़लम से
ये शायद मुहब्बत पनपने लगी है

सदा भीगी-भीगी-सी रहती हैं नज़रें
तमन्ना मिलन की मचलने लगी हैं
अजब-सा कोई डर समाया है दिल में
ज़ुबाँ भी ज़रा-सी फिसलने लगी है
कोई जब उठाकर नज़र तुमको देखे
मुझे थोड़ी मिर्ची-सी लगने लगी है
मैं अपनी ही धुन में कोई धुन हूँ गाता
ये शायद मुहब्बत पनपने लगी है

ये उल्फ़त की आफ़त, मुहब्बत की गुत्थी
सुलझते-सुलझते   उलझने   लगी   है
जो अब तक रहे अनकहे, अनसुने-से
वो क़िस्से भी नज़रें समझने लगी हैं
ये क़िस्से-कहानी ये दुनिया की बातें
ये मेले की रौनक़ खटकने लगी है
ये तन्हाइयाँ भा रही हैं जो मुझको
ये शायद मुहब्बत पनपने लगी है

जो होठों की डाली थी वीरान कब से
वहाँ मुस्कराहट चहकने लगी है
जहाँ ग़म के काँटे थे बिखरे हुए, अब
वो दिल की गली भी महकने लगी है
कभी रूठना तो कभी फिर मनाना
ये आदत भी थोड़ी सुलगने लगी है
कि बातें बनानी भी आने लगी हैं
ये शायद मुहब्बत पनपने लगी है

उसे मैं भूल जाऊँगा

कहीं कोयल कोई चहके तो उसकी याद आती है
कहीं गुलशन में गुल महकें तो उसकी याद आती है
कभी दरिया जो बलखाये तो उसकी याद आती है
कभी मौसम जो इतराये तो उसकी याद आती है
अगर बिखरी हो तन्हाई तो उसकी याद आती है
अगर ख़्वाहिश ले अंगड़ाई तो उसकी याद आती है
दुआ करने मैं जब जाऊँ तो उसकी याद आती है
उसे मैं भूलना चाहूँ तो उसकी याद आती है
मैं कुछ दिन ठोकरें खाकर के आख़िर लौट आऊँगा
ज़रा-सा वक़्त दे ऐ दिल उसे मैं भूल जाऊँगा

हमेशा चाँदनी से चाँद की पहचान होती है
सभी फूलों में उनकी ख़ुशबुओं से जान होती है
गहन ख़ामोशियों में भी छुपी इक चीख़ होती है
अँधेरे जब घुमड़ते हैं सुबह नज़दीक होती है
मुहब्बत भूलने का दर्द मुझसे पूछकर देखो
बिना कश्ती कभी तूफ़ान से तुम जूझकर देखो
तड़पता दिल बताओ क्या धड़कना छोड़ देता है
क्या दरिया मुश्किलों से हार ख़ुद को मोड़ देता है
मैं जुगनू हूँ मगर सूरज को भी रस्ता दिखाऊँगा
ज़रा-सा वक़्त दे ऐ दिल उसे मैं भूल जाऊँगा

बताऊँ बात मैं इक रोज़ की आई थी वो मिलने
लगे पतझड़ में भी सावन के जैसे फूल तब खिलने
बढ़ीं वो दो क़दम आगे, बढ़ा मैं दो क़दम आगे
मिले ऐसे मिले जैसे हों इक माला के दो धागे
ख़ता क़ुदरत ने अपने लश्करों से ख़ूब करवाई
हवा उन शोख़ ज़ुल्फ़ों को मेरे चेहरे पे ले आई
शमा जो महफिलों की थी, हुई है राख की ढेरी
उसे हर शब्द हर अक्षर में ढूँढ़े ये क़लम मेरी
मगर मैं बन रुकावट उसकी राहों में न आऊँगा
ज़रा-सा वक़्त दे ऐ दिल उसे मैं भूल जाऊँगा

वो इक जोड़ी नज़र सपनों से ओझल हो नहीं सकती
मुहब्बत आँसुओं के बिन मुकम्मल हो नहीं सकती
ये आँसू ही अज़ाँ मजनू की, राँझा की इबादत हैं
तपस्या हैं ये मोहन की, ये राधा की विरासत है
न मिलता प्यार बिन रोये ये सारे संत कहते हैं
तभी आँसू ख़ज़ाना बन के इन आँखों में रहते हैं
मगर हालात दिल के यूँ बताकर फ़ायदा क्या है
वो ख़ुश हैं तो उन्हें वापस बुलाकर फ़ायदा क्या है
यक़ीं मेरा करो मैं जल्द फिर से मुस्कुराऊँगा
ज़रा-सा वक़्त दे ऐ दिल उसे मैं भूल जाऊँगा

बस अचानक से मिलने आइये

हाथ में हाथ हो, आपका साथ हो
जन्मदिन पर मुझे और क्या चाहिये
कर सको तो तमन्ना ये पूरी करो
बस अचानक से मिलने चले आइये

ईद के चाँद से जब उदय आप हों
मैं भी कुछ न कहूँ, आप भी चुप रहें
बुत बने एक दूजे को तकते हुए
प्रेम-धारा हमारे नयन से बहे
गाँठ सब खोलकर, फ़िक्र सब छोड़कर
एक दिन के लिए मुझमे घुल जाइए

इस चकाचोंध के शोर से कुछ परे
एक दिन हम अकेले बिताने चलें
बेतुकी बेवजह बात करते हुए
रेत पर आशियाँ हम बनाने चलें
जिस सहारे पे ये उम्र सारी कटे
ऐसी यादें मुझे आप दे जाइये

शुरू तुझसे ख़त्म तुझ पर

तेरी बातें, तेरी यादें

तेरी बातें, तेरी यादें, मुझे अक्सर रुलाती हैं
जगाकर रातभर नभ के मुझे तारे गिनाती हैं

तरस खाकर मेरी हालत पे मुझसे चाँद ये बोले
"अरे क्यूँ द्वार इस दिल के मुहब्बत के लिए खोले"
वही जाँ लेके जायेगी, जो बनकर जान आती है

मुझे कुदरत के हर मंज़र में तेरा रूप दिखता था
पिरोकर शब्द में तुझको, ग़ज़ल तुझपर मैं लिखता था
मगर ये इश्क़ की बातें, मुझे अब क्यों सताती हैं

तेरी इस बे-रुख़ी से, दिल मेरा ये रोज़ लड़ता है
मेरे होने न होने से तुझे क्या फ़र्क़ पड़ता है
तेरी मुस्कान आँसू से मेरी आँखे सजाती है

कभी ये मत समझ लेना कि मैं नाराज़ हूँ तुझसे
सदा तेरा था, तेरा हूँ, भले तू दूर है मुझसे
तेरी ख़ातिर मेरी उल्फ़त सदा बढ़ती ही जाती है

कहा दिल ने

जुदा वो गर हुए मुझसे धड़कना छोड़ दूँगा मैं
कभी इक रोज़ इस दिल ने क़सम ऐसी उठायी थी
मुझे अब भी मेरी इस ज़िंदगी पे शर्म आती है
मुझे उस वक़्त भी इस ज़िंदगी पर शर्म आयी थी

कहा दिल से ये मैंने अब पराये हो चुके हैं वो
निभाकर तू क़सम अपनी ये साँसें तोड़ दे नादाँ
कहा दिल ने नहीं भूला हूँ मैं अपनी क़सम लेकिन
उसे तू भी तो अपना मानना अब छोड़ दे नादाँ

मुझे लगता है जैसे बर्फ़ का हमला हुआ मुझ पर
तबस्सुम उन लबों का जब तसव्वुर में चमकती हैं
नयी उम्मीद-सी जगती है उसकी याद आने से
कोई बुझती हुई शम'अ अचानक फिर भड़कती है

अगर थे साथ वो तो एक ही सूरत थी उनकी पर
जुदा होकर जहाँ भर में नज़र आने लगे हैं वो
अगर थे साथ तो केवल वो बाहों में सिमटते थे
जुदा होकर तो तेरी रूह महकाने लगे हैं वो

कहा दिल ने उठा ज़हमत उसे तू भूल जाने की
इधर सारे पुराने रास्तों को मोड़ दूँगा मैं
उसे शिद्दत से इतना चाहना जब छोड़ देगा तू
ये वादा है उसी पल से धड़कना छोड़ दूँगा मैं

प्यार की चाल में

प्यार की चाल में इश्क़ के जाल में
एक अरसा हुआ, मुस्कुराये हुए
न सज़ा मिल सकी न ज़मानत मिली
न वो अपने हुए न पराये हुए

हाथ मेरा न थामा उन्होंने मगर
साथ मेरा कभी छोड़ते भी नहीं
बात करते नहीं है तो मुझसे अगर
मुँह वो मुझसे कभी मोड़ते भी नहीं
एक धागा है कमज़ोर-सा दरमियाँ
पर कभी वो उसे तोड़ते भी नहीं
धड़कनें जोड़ रक्खी हैं मुझसे मगर
नाम मुझसे कभी जोड़ते भी नहीं
फिर रहे हैं यहाँ एक-दूजे से हम
एक गुमनाम रिश्ता बनाये हुए

पास आते नहीं है मेरे वो मगर
दूर जाने से मेरे वो डरते तो हैं
वो लबों से तो कहते नहीं कुछ मगर
बात करने को मुझसे वो मरते तो हैं
फेरकर वो नज़र बैठते हैं मगर
देखने को मुझे वो तरसते तो हैं
बिन मेरे जी नहीं पायेंगे वो कभी
वो जताते नहीं पर समझते तो हैं
इस ज़माने की ख़ातिर वो हँसते रहे
आँख में आँसुओ को छुपाये हुए

छोड़कर चल दिये ये भी सोचा नहीं
उनका आशिक़ हूँ कोई अवारा नहीं
बेरुख़ी से वो अपनी रुलायें मुझे
और रोना भी मेरा गवारा नहीं
याद करता हूँ मैं तो उन्हें रात-दिन
हिचकियाँ पर मुझे क्यों सताने लगी
सच कहो ये हक़ीक़त है या ख़्वाब है
याद मेरी भी क्या उनको आने लगी
ख़ैर ये तो मेरा एक धोखा ही है
वो तो बैठे हैं महफ़िल सजाये हुए

साथ गुज़रा था जो उस हसीं वक़्त की
याद उनको दिलाने से क्या फ़ायदा
आयेंगे मेरी बाहों में फिर वो कभी
ख़्वाब ऐसे सजाने से क्या फ़ायदा
दूरियाँ ये अगर उनको मंज़ूर है
दूरियाँ फिर मिटाने से क्या फ़ायदा
वो जहाँ भी रहे बस सदा ख़ुश रहें
पास उनको बुलाने से क्या फ़ायदा
एक उम्मीद फिर भी रहे उम्रभर
उनकी राहों में पलकें बिछाये हुए

मुक्तक मंजूषा

शुरू तुझसे ख़तम तुझपर ये मेरी ज़िंदगानी है
बयाँ करता हक़ीक़त हूँ, न ये कोई कहानी है
ये क्या मदहोश-सा आलम है पीने का तेरे ग़म में
जो तू है पास तो मय है वरन कड़वा-सा पानी है

❋

ये नफ़रत की चिताएँ हैं हम इनमें जल नहीं सकते
इशक की चाल है जो होश वाले चल नहीं सकते
हमेशा प्यार का दर्जा कपट से उच्च होता है
बनो तुम लाख शकुनी पर किशन को छल नहीं सकते

❋

मिलन की लाख क़स्में हैं मिलन के लाख वादे हैं
फ़ना हो जायें इक दूजे में कुछ ऐसे इरादे हैं
कि इक अरसे से दोनों नें पलक झपकी नहीं क्यूँकि
कभी रातों की बातें हैं कभी बातों की रातें हैं

अभी तो बिन सहारों के भी चल सकता हूँ ऐ साक़ी
अभी तो होश वालों को भी छल सकता हूँ ऐ साक़ी
पिला इतनी कहे आकर ज़माना अब बदल जाओ
अभी तो मैं ज़माने को बदल सकता हूँ ऐ साक़ी

शुरू तुझसे ख़त्म तुझ पर

❄

मुहब्बत की डगर में फूल-काँटे साथ चलते हैं
कई गिरते हैं, उठते हैं, फिसलते और सँभलते हैं
अनोखी और अलग है प्यार में तो दास्ताँ सबकी
कई आबाद होते हैं कई बस हाथ मलते हैं

❄

मेरे हारे हुए दिल पर सितम क्या ख़ूब ढाते हैं
मेरी सच्ची मुहब्बत को वो पागलपन बताते हैं
मुझे दरकार है कुछ पल की तन्हाई मिले मुझको
मगर जाऊँ जहाँ भी मैं ये आँसू साथ आते हैं

❄

❈

मेरे अच्छे-बुरे को मुझसे बेहतर जानती है माँ
मैं क्या हूँ कौन हूँ अच्छी तरह पहचानती है माँ
भुला, भूलों को देती है यही उसका बड़प्पन है
ख़ुदा ख़ुद है मगर मुझको कन्हैया मानती है माँ

❈

अगर हैं साथ हम दोनों तो फिर किसकी ज़रुरत है
फ़ना कर दे क़यामत को हमारी ऐसी उल्फ़त है
रामायण और गीता का हमें बस ज्ञान इतना है
तुझे मुझसे मुहब्बत है मुझे तुझसे मुहब्बत है

❈

❋

तभी हम फूल बोते थे अभी हम शूल बोते हैं
तभी खोकर भी पाते थे अभी पाकर भी खोते हैं
तभी की और अभी की रात में बस फ़र्क़ इतना है
तभी सोने को रोते थे अभी रोने को सोते है

❋

तसव्वुर में हम इक दूजे के यूँ बेहोश बैठे हैं
न जाने किस ग़ुरूरे-हुस्न में मदहोश बैठे हैं
समय इक वो भी था जब बात लम्बी रात छोटी थी
समय ये भी है जब दोनों जने ख़ामोश बैठे हैं

❋

वो यादों में महक अपने बदन की छोड़ के जाना
ज़रा-सा मुस्कुरा देना न यूँ मुख मोड़ के जाना
न रोकूँगा तुम्हें मेरी फ़क़त इतनी गुज़ारिश है
मेरी नज़रों में अपनी इक झलक तुम छोड़ के जाना

कली कोई खिलाकर क्यों उसे तुम तोड़ देते हो
मुहब्बत की डगर में क्यों अकेला छोड़ देते हो
इस आसानी से तो हमने खिलौने भी न तोड़े थे
जिस आसानी से तुम वादों को अपने तोड़ देते हो

❋

हँसी मेरे लबों पे है मगर आँखों में पानी है
मेरा जीवन भी जैसे कृष्ण-राधा की कहानी है
मेरे पीछे वो यादें हैं जो तुमने ही मुझे दी थीं
मेरे आगे उमर वो है जो अब तन्हा बितानी है

❋

मुहब्बत में हँसी होठों से अक्सर रूठ जाती है
यहाँ मझधार में कश्ती सभी की छूट जाती है
अगर है प्यार तो उसका कभी इज़हार मत करना
बयाँ करने से अक्सर दोस्ती भी टूट जाती है

❋

निगाहों से निगाहों की ये फिर बातें नहीं होंगी
ढलेगा दिन तो रोज़ाना मगर रातें नहीं होंगी
तेरे रुख़सार को भर लूँ मैं पैमाने में क्योंकि अब
फ़क़त यादें सतायेंगी मुलाक़ातें नहीं होंगी

किसी को मान लो अपना किसी के तुम भी हो जाओ
यहाँ खोये हैं सब अपनी ही धुन में तुम भी खो जाओ
मेरा क्या है मुझे तो रात भर जगना ही है लेकिन
तुम्हें तो नींद आती होगी तारों तुम तो सो जाओ

शुरू तुझसे ख़त्म तुझ पर

❄

नज़र में प्यार है पर लब से वो तकरार करते हैं
बिना बोले ही दिल की बात का इज़हार करते हैं
मुझे इंकार था उस वक़्त जब इकरार था उनको
मगर अब है मुझे इकरार वो इंकार करते है

❄

भरे तूफ़ान में जीवन की कश्ती छोड़ रक्खी हैं
जो थीं ऊफान पर नदियाँ वो हमने मोड़ रक्खी हैं
जिन्हें कलियाँ समझकर लोग छूने तक से डरते थे
वही कलियाँ मुहब्बत में तो हमने तोड़ रक्खी हैं

❄

हर एक तूफ़ान की तौहीन करके छोड़ देते हैं
घमंड चट्टान का हिम्मत से अपनी तोड़ देते हैं
मुहब्बत हो या फिर हो जंग डर लगता नहीं हमको
क़लम की धार से तलवार भी हम तोड़ देते हैं

*

किसी लब की हँसी जब द्वार दिल के खोल जाती है
कोई आवाज़ जब कानों में मिश्री घोल जाती है
मुहब्बत वो बला है जो छिपाये से नहीं छिपती
ज़ुबाँ जो कह नहीं पाती निगाहें बोल जाती हैं

*

माथे की शिकन से हर बात का पता चलता है
जुगनू चमकते हैं तो रात का पता चलता है
दो चार जंग जीत कर बादशाह बने फिरते हो
मुहब्बत करो तो असली औक़ात का पता चलता है

❇

तेरी चाहत में अपने नाम की उम्मीद करता हूँ
तेरे लब से भी इस पैग़ाम की उम्मीद करता हूँ
है मुझको आज तक भी याद पहली शाम वो अपनी
मैं हर इक शाम में उस शाम की उम्मीद करता हूँ

❇

✽

सुधर जायें मेरे हालात ये उम्मीद करता हूँ
करे कोई न तेरी बात ये उम्मीद करता हूँ
भुला पाता नहीं वो पल जुदाई का मैं यादों से
न फिर आये कभी वो रात ये उम्मीद करता हूँ

✽

भरो ऊँची उड़ाने पर गगन में बस नहीं सकते
हों चाहें लाख जुगनू पर तिमिर को डस नहीं सकते
सदा औरों की ख़ातिर फूल बनना शूल मत बनना
जो औरों को रुलाते हैं वो ख़ुद भी हँस नहीं सकते

✽

❋

ये धरती, आसमाँ इनमें कहीं जन्नत नहीं मिलती
मेरे टूटे हुए दिल की उचित क़ीमत नहीं मिलती
कि दिल बर्बाद होना प्यार में तो आम क़िस्सा है
मगर सबको तो मजनूँ-सी यहाँ शोहरत नहीं मिलती

❋

हो घर जिनका स्वयं उजड़ा वो घर सबके बसाते हैं
यहाँ जल्लाद भी मज़हब की परिभाषा सिखाते हैं
अजब दस्तूर देखा है ख़ुदा तेरी रियासत का
जो ख़ुद भटके हुए हैं राह वो सबको दिखाते हैं

❋

✼

मुझे फुर्सत में तेरी याद से फुर्सत नहीं मिलती
करूँ मैं क्या तेरी सूरत से ही फुर्सत नहीं मिलती
कोई कह दे ये जाकर नींद से आया करे दिन में
मुझे रातों में अश्कों से कभी फुर्सत नहीं मिलती

✼

मिला वो ही नहीं जिसके लिए दुनिया भुलाई है
मेरे अश्कों की धारा देखकर यमुना लजाई हैं
मुहब्बत ने मुझे किस मोड़ पर नीलाम कर डाला
मेरे पीछे भी है कुआँ मेरे आगे भी खाई है

✼

❁

बनके धड़कन सभी गुण यहाँ रहते हैं
दिल में सिन्धु दया के यहाँ बहते हैं
है बहुत ही जटिल ज्ञान इस तत्व का
प्यार से पर सभी इसको माँ कहते है

❁

गंगा यमुना सभी माँ के आँचल में है
राम भी श्याम भी माँ के आँचल में है
माँ तेरी गोद में लुत्फ़ जन्नत का है
छाँव कल्प वृक्ष की माँ के आँचल में है

❁

अंशु गुप्ता

जो दिल आबाद हो उस दिल को फिर बर्बाद क्या करना
कि भीगी पलकों से यूँ रात भर फ़रियाद क्या करना
जो निकले हों तसव्वुर से उन्हीं की याद आती है
मगर दिल में जो रहते हों उन्हें फिर याद क्या करना

ये कैसी रीत क़ुदरत ने मुहब्बत की बनाई है
नज़ारों ने जो तेरी ही मुझे सूरत दिखाई है
कि तन्हाई के साये में मैं ख़ुद को भुला बैठा था
मगर मुझको तेरे आने से ख़ुद की याद आई है

शुरू तुझसे ख़त्म तुझ पर

न ही लगता है मन जग में न मुझको नींद आती है
बिना तेरे मुझे हर शय ज़माने की रुलाती है
पुकारा दिल से है मैंने तुझे तू लौट के आजा
मेरे बचपन मुझे तेरी बहुत ही याद आती है

हमारी इक हँसी के मुन्तज़िर उस वक़्त सारे थे
कई घायल थे इस रुख़ पर कई आशिक़ हमारे थे
अभी अपनी ये हालत है कि बस तन्हाई साथी है
मगर दिन वो भी थे जब हम कई आँखों के तारे थे

हसीं मौसम कभी मेरे भी घर में क्यों नहीं आता
जो रहता है सदा दिल में नज़र में क्यों नहीं आता
उसे लिक्खे हैं ढेरों ख़त मगर फिर कशमकश ये है
कभी वो डाकिया मेरी डगर में क्यों नहीं आता

ख़ुदा मंज़ूर करता है सदा जो दिल से होती है
मगर मुश्किल तो ये है बात ये मुश्किल से होती है
क़यामत भी जुदा उन दो दिलों को कर नहीं सकती
वफ़ा ऐसी हो गर शायर को जो महफ़िल से होती है

शुरू तुझसे ख़त्म तुझ पर

तेरे रुख़ की चमक से मैं सितारे भूल जाता हूँ
तेरी बाहों में आकर मैं बहारें भूल जाता हूँ
यूँ कहने को तो ये क़ुदरत बड़ी ही ख़ूबसूरत है
मगर जब पास हो तुम तो नज़ारे भूल जाता हूँ

***

कि यादों में महक अपने बदन की छोड़ के जाना
ज़रा-सा मुस्कुरा देना न यूँ मुख मोड़ के जाना
न रोकूँगा तुम्हें मेरी फ़क़त इतनी गुज़ारिश है
मेरी नज़रों में अपनी एक झलक तुम छोड़ के जाना

***

कली कोई खिलाकर क्यों उसे तुम तोड़ देते हो
मुहब्बत की डगर में क्यों अकेला छोड़ देते हो
इस आसानी से तो हमने खिलौने भी न तोड़े थे
जिस आसानी से तुम वादों को अपने तोड़ देते हो

❋

वो तेरा ख़्वाब था जिसको मैं आख़िर खो नहीं पाया
मेरी आँखों में आँसू थे मगर मैं रो नहीं पाया
मुझे तुमसे नहीं अपने मुक़द्दर से शिकायत है
जिसे शिद्दत से चाहा क्यों वो मेरा हो नहीं पाया

❋

शुरू तुझसे ख़त्म तुझ पर

❉

तुम्हें अपना बनाने की मेरी ख़्वाहिश पुरानी है
ना रूठो यूँ हमारी चार दिन की ज़िंदगानी है
सभी अपना सा लगता है तुम्हारे साथ पर तुम बिन
ये सांसें भी पराई है ये धड़कन भी बेगानी है

❉

मेरे कंधे पे सर रख कर कभी तू सो गयी होती
तेरे आग़ोश मेरी मुहब्बत खो गयी होती
पढ़ी होती अगर ये शायरी तूने कभी दिल से
तुझे मुझसे नहीं ख़ुद से मुहब्बत हो गयी होती

❉

ज़मीं-ओ-आसमाँ में हर तरफ तेरी ही मूरत है
नज़ारों में नज़र आती मुझे तेरी ही सूरत है
तेरे रहते किसी की याद तक आती नहीं मुझको
मेरे दिल की रियासत पर सिर्फ़ तेरी हुकूमत है

मुहब्बत के गुलिस्तान में सभी बेहोश रहते है
गुरूर-ए-हुस्न उनको है, मुझे मदहोश कहते है
अगर मैं साँस भी लेता हूँ तो तूफ़ान आता है
मगर वो क़त्ल भी कर दे तो सब ख़ामोश रहते है

शुरू तुझसे ख़त्म तुझ पर

❋

किसी को मान लो अपना किसी के तुम भी हो जाओ
यहाँ खोये हैं सब अपनी ही धुन में तुम भी खो जाओ
मेरा क्या ही मुझे तो रात भर जगना ही है लेकिन
बनाकर नींद को दुल्हन सितारों तुम तो सो जाओ

❋

नज़र में प्यार है पर लब से वो तकरार करते हैं
बिना बोले ही दिल की बात का इज़हार करते हैं
मुझे इंकार था उस वक़्त जब इकरार था उनको
मगर अब है मुझे इकरार वो इंकार करते हैं

❋

निगाहों से निगाहें की ये फिर बातें नहीं होंगी
ढलेगा दिन तो रोज़ाना मगर रातें नहीं होंगी
तेरे रुख़सार को भर लूँ मैं पैमानें में क्योंकि अब
फ़क़त यादें सतायेंगी मुलाक़ातें नहीं होंगी

तेरी बाहों में जो गुज़रे वो बस इक शाम दे दो न
निगाहों से मुहब्बत का मुझे पैग़ाम दे दो न
करो यूँ क़त्ल न मेरा ख़ुशी से मर मैं जाऊँगा
फ़क़त एक बार अपने इश्क़ का इल्ज़ाम दो न

शुरू तुझसे ख़त्म तुझ पर

❋

किसी के इश्क़ को रुस्वा क्यों तुम हर बार करते हो
पनाहों में जो आया हो क्यों उस पर वार करते हो
तुम्हें दिल में जो रखता है क़दर उसकी नहीं करते
मगर हर बार दिल तोड़े जो उससे प्यार करते हो

❋

मेरे सिर पर तुम्हारी दोस्ती का ताज ही तो है
दुआ तेरे लिए माँगे जो वो आवाज़ ही तो है
है मेरे पास क्या ऐसा तुझे जो दूँ जन्मदिन पर
अगर कुछ है तो दो उल्फ़त भरे अल्फ़ाज़ ही तो है

❋

बड़ी मुश्किल से पाया है मुहब्बत का ये नज़राना
ज़माने में बड़ा मशहूर होगा अपना अफ़साना
खड़ा हूँ आपकी राहों में इस्तक़बाल की ख़ातिर
चले आना चले आना मेरे दिल में चले आना

तेरी महफ़िल में आकर के मैं जन्नत घूम लेता हूँ
तेरी चौखट कोऐ साक़ी मैं अक्सर चूम लेता हूँ
न अब दरकार है मय की ये ख़ाली जाम काफ़ी है
निगाहों की शरारत से नशे में झूम लेता हूँ

❋

मुहब्बत की डगर में साथ सबका छूट जाता है
अगर पत्थर से टकराये तो शीशा टूट जाता है
मैं दरिया हूँ, तू सागर है, ये घर संसार साहिल है
समंदर से मिले दरिया तो साहिल छूट जाता है

❋

सँभालो लाख दिल की डोर को वो छूट जाती है
कली वो खिल नहीं सकती कभी जो टूट जाती है
अगर तुम साथ हो तो हर ख़ुशी अपनी-सी लगती है
तुम्हारे बिन हँसी मेरे लबों से रूठ जाती है

❋

घड़ी भर को जुदा इक-दूसरे से हम नहीं होते
यहाँ मैं आह भरता हूँ, वहाँ क्या तुम नहीं रोते
खफा बेशक हो तुम मुझसे, मगर मालूम ये भी है
यहाँ गर मैं नहीं सोता वहाँ भी तुम भी नहीं सोते

यूँ कहने को तो हम इक दूसरे के प्राण प्यारे हैं
मगर जो मिल नहीं सकते नदी के वो किनारे हैं
तू फिर भी आज़मा लेना कभी मेरी मुहब्बत को
सदा से हम तुम्हारे थे सदा तक हम तुम्हारे हैं

शुरू तुझसे ख़त्म तुझ पर

नज़र के इन झरोखों में तो कोई ख़ास रहती है
मिलन होगा कभी उससे यही बस आस रहती है
मैं हर पल हर घडी हर दिन ज़माने भर से मिलता हूँ
फ़क़त इक वो नहीं मिलती जो दिल के पास रहती है

जुदाई में तेरी यादें मुझे सोने नहीं देती
मगर इक आस है जो आँख को रोने नहीं देती
हथेली की लकीरें भी निराले खेल करती हैं
दिखाकर ख़्वाब मिलने का मिलन होने नहीं देती

तुम्हारा हर इशारा बिन कहे मैं जान जाऊँगा
सिर्फ़ तुम मुस्कुरा देना तुम्हें पहचान जाऊँगा
अगर रूठूँ कभी तुमसे तो बस इतना कहा करना
गले से तुम लगा लेना मुझे मैं मान जाऊँगा

सुरूर-ऐ-हुस्न से तेरे ये मय बदनाम हो जाये
तेरी मुस्कान से महफ़िल में क़त्ल-ए-आम हो जाये
नज़र उठती है जब तेरी तो जैसे दिन निकलता हो
हया से जब झुके नज़रें तो जैसे शाम हो जाये

शुरू तुझसे ख़त्म तुझ पर

✤

जिसे खोने से डरते थे उसे हम खो नहीं पाये
ये दिल डूबा रहा आहों में, खुल के रो नहीं पाये
अगर मिलकर बिछड़ते तुम तो फिर सैलाब आ जाता
ख़ुदा का था रहम जो तुम हमारे हो नहीं पाये

✤

उलझती है जो सुलझाने से वो डोरी मुहब्बत है
गिनाये रात भर तारे जो वो लोरी मुहब्बत है
अगर अपनी पे आ जाये, क़यामत को फ़ना कर दे
ख़ुदा को भी झुका दे जो, वो कमज़ोरी मुहब्बत है

✤

❁

बहुत टूटा बहुत बिखरा मगर ख़ुशहाल दिखता हूँ
भले अनमोल हूँ पर क्या करूँ बेमोल बिकता हूँ
मेरे नग़में ज़माने भर के दिल पे राज़ करते हैं
फ़क़त उन तक नहीं पहुँचे सदा जिनको मैं लिखता हूँ

❁

किसी का हाथ जब हाथों से अपने छूट जाता है
बड़ी मुश्किल से बाँधा बाँध जो वो टूट जाता है
मुहब्बत को निभाना तो बड़ा आसान होता है
मुहब्बत को भुलाने में पसीना छूट जाता है

❁

मुहब्बत वो है जो शीशे से पत्थर तोड़ देती है
गुलिस्ताँ ज़िन्दगी वीरान करके छोड़ देती है
मुहब्बत की डगर पे चल के मैंने तो ये सीखा है
मुहब्बत धड़कनों से खेल कर दिल तोड़ देती है

मुहब्बत की बहारों का मैं रुख़ अब मोड़ आया हूँ
बनाकर रेत का इक घर उसे अब तोड़ आया हूँ
कि जिन बाँहों में अपनी ज़िंदगी का ख़्वाब देखा था
उन्हीं बाँहों में अब अरमान सारे छोड़ आया हूँ

❋

भ्रमर वो क्या भ्रमर जो रूठ कर बैठा हो बाग़ों से
बढ़ेंगे क्या मुहब्बत में वो जो डरते हैं दाग़ों से
ज़रा-सी ढील तो देनी हो पड़ती हैं पतंगों को
नहीं तो हाथ कट जाता है इन रेशम के धागों से

❋

पहाड़ों से जुदा होकर नदी चुपचाप बहती है
नज़र तनहाइयों में आँसुओं का बोझ सहती है
पलटकर क्यों कहा उसने कि अपनी ध्यान तुम रखना
मुहब्बत है नहीं उसको वो शायद झूठ कहती है

❋

फ़लक पर चाँद तारों की हसीं बारात न होगी
मुलाक़ातों की यादों से भरी वो रात न होगी
नहीं तेरे बिछड़ने का है ग़म गर है तो ग़म ये है
पलटकर देखने वाली ये अब ख़ैरात न होगी

तुम्हारा हाथ हाथों में लिये बीतीं थी जो रातें
रुलायेंगी बहुत मुझको वो सारी प्यार की बातें
तुम्हारे ख़त तुम्हारे बाद मरने भी नहीं देंगे
ज़रा जाते हुए वापस लिये जाना वो सौग़ातें

तुम्हें मेरी क़सम मुझसे कभी तकरार मत करना
कभी इंकार भी न हो भले इकरार मत करना
न बन पाये मेरे तुम तो पराये भी न हो जाना
हमारे बाद अब तुम भी किसी से प्यार मत करना

कहो गर तुम तो अपने रास्ते मैं मोड़ देता हूँ
ख़ुशी इसमें तुम्हारी है तो रिश्ता तोड़ देता हूँ
मगर एसे सड़क पर तुम अकेले मत खड़े रहना
चलो बैठो तुम्हें मैं घर तुम्हारे छोड़ देता हूँ

शुरू तुझसे ख़त्म तुझ पर

✽

भंवर में लाइये कश्ती कि साहिल में क्या रक्खा है
मज़ा तन्हाइयों में ही है महफ़िल में क्या रक्खा है
मुहब्बत का सबब तो ज़िन्दगी नीलाम करना है
ये दिल छोट-सा टूटे लाख इस दिल में क्या रक्खा है

✽

मिली हैं इश्क़ में कुछ इस क़दर रुस्वाइयाँ मुझको
कभी अब मिल नहीं सकती तेरी परछाइयाँ मुझको
मुबारक हो तुझे रौनक़ तेरे साजन के सहरे की
मुबारक हो उमर भर के लिए तन्हाइयाँ मुझको

✽

❋

ज़रा मालूम तो कर लें नदी में ज्वार कितना है
तुम्हें मालूम हो जाये ये दिल गुलज़ार कितना है
हमारे इश्क़ को यूँ दूर से क्या नापते हो तुम
अगर बाँहों में आओ तो बतायें प्यार कितना है

❋

जो कुछ पाने की ज़िद रखते हैं वो रोया नहीं करते
समय अनमोल हैं रोकर इसे खोया नहीं करते
लदे हैं हौसले उनके थकावट से मगर फिर भी
जो सपने देखते हैं वो कभी सोया नहीं करते

❋

शुरू तुझसे ख़त्म तुझ पर

कहीं मौसम बहारों का कहीं पत्ते न हिलते हैं
कभी एसा भी होता है कि गुल पतझड़ में खिलते हैं
मुहब्बत में मेरी आँखों ने ऐसे दौर देखे हैं
तभी मिलने के सापने थे अभी सपनों में मिलते हैं

नज़र में मैं तुम्हारी दी हुई सौग़ात रखता हूँ
कहूँ या न कहूँ पर लब पे दिल की बात रखता हूँ
तड़पता हूँ तुम्हें जाते हुए मैं देखकर लेकिन
तुम्हें मैं रोक लूँ एसी कहाँ औक़ात रखता हूँ

जो दिल के पास हों उनसे बग़ावत क्यों नहीं होती
गिले हों लाख पर फिर भी शिकायत क्यों नहीं होती
अगर नफ़रत ही मिलती हूँ यहाँ नफ़रत के बदले तो
मुहब्बत के मुक़द्दर में मुहब्बत क्यों नहीं होती

चलो अब मयकदे का ख़ास रस्ता आम होने दो
क़दम ख़ुद लडखड़ायेंगें ज़रा-सी शाम होने दो
ज़माने भर में मैं तुमको बहुत मशहूर कर दूँगा
मुहब्बत में मुझे इक बार तुम बदनाम होने दो

निगाहों का हो पैमाना तो मीना भूल जाएँगे
बुला ले तू जो पहलू में तो जीना भूल जाएँगे
तेरे दीदार की दरकार ए साक़ी सभी को है
अगर चिलमन हटे रुख़ से तो पीना भूल जाएँगे

हवा के रुख़ बदलते ही महल ये हिल गया होता
सही हालात गर रहते, तो गुल ये खिल गया होता
न हासिल जो हुआ मुझको, शिकायत क्यों करूँ उसकी
अगर तक़दीर में होता तो मुझको मिल गया होता

❈

मुहब्बत थक तो जाती है मगर वो सो नहीं सकती
भले मायूस हो लेकिन मुहब्बत रो नहीं सकती
मुहब्बत खेल है क्या जो किसी अंजाम तक पहुँचे
मुहब्बत गर मुहब्बत है मुकम्मल हो नहीं सकती

नशा तो हो गया था पर क़दम ये डोलते कैसे
मुहब्बत की कसौटी थी, भला लब खोलते कैसे
जुदा होते हुए उसने न रोने की क़सम दी थी
मगर रोये बिना हम नाम उसका बोलते कैसे

शुरू तुझसे ख़त्म तुझ पर

www.ingramcontent.com/pod-product-compliance
Lightning Source LLC
LaVergne TN
LVHW040201180726

843489LV00007B/2631